U0165859

日語單字速讀
住
日語編輯小組　主編
附贈MP3
書泉出版社 印行

日語單字速讀

Shelter

居家設備

Shelter

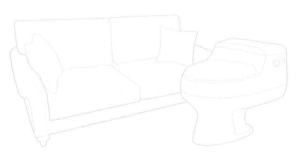

居家設備

❶客廳

客廳、起居室	居間(いま)[2]、リビング[1]
門	門(もん)[1]、戸(と)[0]、ドア[1]
窗戶	窓(まど)[1]
天窗	天窓(てんまど)[0]
紗窗	網戸(あみど)[2]
窗玻璃	まどガラス[3]
窗簾	カーテン[1]
窗簾橫杆	カーテンレール[5]
百葉窗	ブラインド[0]
門開關	ドアスイッチ[3]

居家設備

電燈	電燈（でんとう）0、ライト 1
入口燈	ドアライト 3
吊燈	シャンデリア 3
腳燈	フットライト 4
電視機	テレビ 1
薄型電視	薄型（うすがた）テレビ 5
電漿電視	プラズマテレビ 5
液晶電視	液晶（えきしょう）テレビ 5
螢幕造型	画面（がめん）スタイル 5
寬螢幕	ワイドスクリーン 6

居家設備

數位電視接收器	デジタルチューナー[5]
衛星電視	ビーエス[0][3]
機上盒	セットトップボックス[7]
家庭電影院	ホームシアター[4]
組合音響	システムコンポ[5][7]
立體聲	ステレオ[0]
立體環繞	サラウンド[0][2]
立體環繞喇叭	サラウンドスピーカー[7]
擴音器、增幅器	アンプリファイア[5]
低音喇叭	ウーファー[1]

居家設備

重低音喇叭	サブウーファー [3]
數位音響播放器	デジタルオーディオプレーヤー [11]
MP3 播放器	エムピースリープレーヤー [9]
收錄音機	ラジカセ [0]
收音機	ラジオ [1]
錄影機	ビデオ [1]、ビデオデッキ [4]
攝影機	ビデオカメラ [4]
數位相機	デジタルカメラ [5]
數位攝影機	デジタルビデオカメラ [8]
即可拍	使(つか)い捨(す)てカメラ [6]

居家設備

拍立得	ポラロイドカメラ 6
反光式照相機	レフレックスカメラ 7
單眼相機	一眼（いちがん）レフカメラ 7
雙眼相機	二眼（にがん）レフカメラ 6
腳架	三脚（さんきゃく） 0
相機袋	キャリングケース 5
相機背包	カメラ用（よう）リュックサック 9
頭戴式耳機電話	ヘッドホン電話（でんわ） 6
網路電話	インターネット電話（でんわ） 8

居家設備

手機	けいたいでんわ 携帯電話 5
具照相功能手機	カメラ つきけいたいでんわ 付携帯電話 10
3G 手機	だいさんせだいけいたいでんわ 第三世代携帯電話
4G 手機	だいよんせだいけいたいでんわ 第四世代携帯電話
智慧型手機	スマートフォン 4 5
視訊電話	でんわ テレビ電話 4
觸控螢幕	タッチパネル 4
空調	エアコン 0
遙控	リモコン 0
冷氣機	クーラー 1

居家設備

分離式	セパレートタイプ 6
暖氣	暖房（だんぼう） 0
暖爐、火爐	ストーブ 2
電暖爐	電気（でんき）ストーブ 5
電熱器	ヒーター 1
燃油暖爐	オイルヒーター 4
電風扇	扇風機（せんぷうき） 3
空氣清淨機	空気清浄器（くうきせいじょうき） 6
組合式傢俱	ユニット家具（かぐ） 5
櫃子	箪笥（たんす） 0

居家設備

邊櫃	サイドボード 4
鞋櫃	下駄箱（げたばこ） 0
抽屜	引出し（ひきだ） 0
桌子	テーブル 0
圓桌	円卓（えんたく） 0
椅子	椅子（いす） 0
搖椅	揺り椅子（ゆ・いす） 0
沙發	ソファー 1
座鐘	置時計（おきどけい） 3
掛鐘	柱時計（はしらどけい） 4

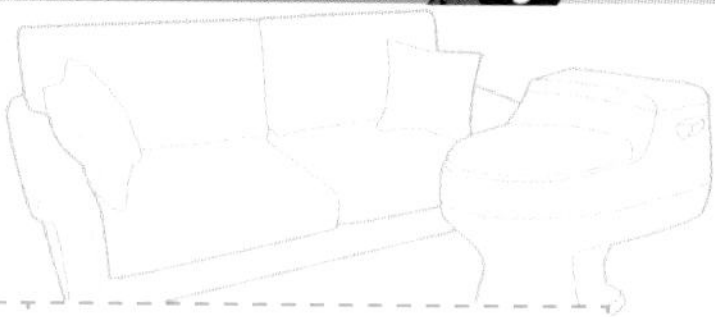

居家設備

花瓶	花瓶（かびん）[0]
假花	造花（ぞうか）[0]
金魚缸	金魚鉢（きんぎょばち）[3]
煙灰缸	灰皿（はいざら）[0]
傘架	傘立て（かさた）[2]
暖爐	暖爐（だんろ）[1]
畫	絵（え）[1]
掛軸	掛軸（かけじく）[2]
壁毯	壁掛（かべかけ）[0][3]
地毯	絨毯（じゅうたん）[1]、カーペット [1][3]

居家設備

屏風	屏風（びょうぶ）[0]
簾子	簾（すだれ）[0]

居家設備

❷書房

書房	書斎（しょさい）0
書桌	机（つくえ）0
旋轉椅	回転椅子（かいてんいす）3
書櫥	本箱（ほんばこ）1
檯燈	デスクランプ 4
保險櫃	金庫（きんこ）1
電腦	コンピューター 3
個人電腦	パソコン 0
筆記型電腦	ノートパソコン 4
滑鼠	マウス 1

居家設備

光學滑鼠	ホイールマウス[5]
滑鼠墊	マウスパッド[4]
網路	ネット[0][1]
網路連結線	ランコード[3]
寬網、寬頻網路	ブロードバンドネットワーク[11]
變壓器、整流器	エーシーアダプター[6]
電玩控制器	ゲームコントローラー[7]
麥克風	マイクロホン[4]、マイク[1]
耳機	イヤホン[2][3]
頭戴式耳機	ヘッドホン[3]

居家設備

顯示器	ディスプレー④③①
液晶顯示器	液晶（えきしょう）ディスプレー⑤
印表機	プリンター②⓪
除濕機	除湿器（じょしつき）③

居家設備

❸臥室

床	ベッド1
沙發床	ソファーベッド4
雙人床	ダブルベッド4
雙層床	二段(にだん)ベッド4
寢具	寝具(しんぐ)1
枕頭	枕(まくら)1
枕頭套	枕(まくら)カバー4
被子	掛(か)け布団(ぶとん)3
墊被	敷布団(しきぶとん)3
毛巾被	タオルケット4

居家設備

毛毯	もうふ 毛布 1
電熱毯	でんきもうふ 電気毛布 4
蚊帳	かや 蚊帳 0
床罩	ベッドカバー 4
床單	しきふ 敷布 0
床墊	マットレス 1
床頭板	ヘッドボード 4
草席	ござ 蓙 2
鏡子	かがみ 鏡 0
穿衣鏡、全身鏡	すがたみ 姿見 0 3

居家設備

中文	日文
三面鏡	三面鏡（さんめんきょう）0
椅子	チェア 1
搖椅	ロッキングチェア 6、揺り椅子（ゆりいす）0
躺椅、折疊式躺椅	デッキチェア 4
安樂椅	安楽椅子（あんらくいす）4
和室椅	座椅子（ざいす）0
櫃子	箪笥（たんす）0
大衣櫃	洋服箪笥（ようふくだんす）5
五斗櫃	整理箪笥（せいりだんす）4
壁櫥	作り付け洋服箪笥（つくりつけようふくだんす）10

居家設備

其他	他（ほか）[0]
衣箱	長持（ながもち）[3][0]
架子	ラック[1]
衣架	ハンガー[1]
燈泡	電球（でんきゅう）[0]
省電燈泡	電球形蛍光灯（でんきゅうがたけいこうとう）[0]
日光燈	蛍光灯（けいこうとう）[0]
梳妝台	化粧台（けしょうだい）[0]、 ドレッサー[2]
和室	和室（わしつ）[0]
榻榻米	畳（たたみ）[0]

居家設備

座墊	座布団（ざぶとん）2、座蒲団（ざぶとん）2
靠墊	クッション1

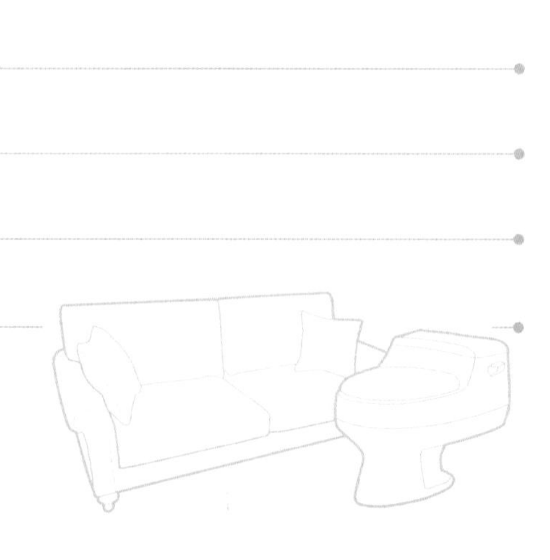

居家設備

❹廚房、餐廳

廚房	キッチン [1]、台所（だいどころ）[0]
流理台	流し台（ながしだい）[0]
水龍頭	蛇口（じゃぐち）[0]、水栓（すいせん）[0]
洗碗精	食器洗剤（しょっきせんざい）[4]
抹布	雑巾（ぞうきん）[0]、布巾（ふきん）[2]
碗櫃	食器棚（しょっきだな）[0]
容器	入れ物（いれもの）[0]
胡椒瓶	胡椒入れ（こしょういれ）[2]
醬油罐	醤油入れ（しょうゆいれ）[3]
醋罐	お酢入れ（おすいれ）[0]

居家設備

鹽罐	塩入れ（しおいれ）0
桿麵棍	麺棒（めんぼう）1、延べ棒（のべぼう）2 0、麦押し（むぎおし）2
磨菜板	下ろし金（おろしがね）0 3
牙籤	爪楊枝（つまようじ）3、こようじ 2
保鮮膜	ラップ 1、ラップフィルム 4
鋁箔紙	アルミホイル 4、クッキングホイル 6、アルミ箔（アルミはく）3
烤肉鐵網	焼き網（やきあみ）0
烤肉架	グリル 1 2
鍋墊	鍋敷（なべしき）2 4

居家設備

蒸籠	蒸籠（せいろう）[0][3]
盆子	トレー[2]、盆（ぼん）[0]
便當盒	弁当箱（べんとうばこ）[3]
牛排刀	ステーキナイフ[5]
菜刀	包丁（ほうちょう）[0]
砧板	まな板（いた）[0][3]
淨水器	浄水器（じょうすいき）[3]
熱水器	給湯器（きゅうとうき）[3]
太陽能熱水器	太陽熱温水器（たいようねつおんすいき）[9]
電熱水瓶	電気（でんき）ポット[4]

居家設備

熱水器	湯沸かし器（ゆわかしき）4
果菜機	ミキサー 1
食物調理機	フードプロセッサー 6
洗碗機	食器洗い機（しょっきあらいき）5
烤箱	オーブン 1、天火（てんぴ）1
烤麵包機	トースター 1
絞肉機	挽肉機（ひきにくき）4
微波爐	電子レンジ（でんし）4
電磁爐	電磁調理器（でんじちょうりき）6
榨汁機	ジューサー 1

居家設備

瓦斯爐	ガスバーナー 3
換氣扇	換気扇（かんきせん） 0 3
抽油煙機	レンジフード 4
打蛋器	泡立て器（あわだてき） 4
攪拌器	撹拌機（かくはんき） 3
拔栓器	栓抜き（せんぬき） 3 4
開罐器	缶切り（かんきり） 3 1
拔塞鑽	コルク抜き（ぬき） 0 3
鍋子	鍋（なべ） 1
鍋蓋	鍋蓋（なべぶた） 0 2

居家設備

平底鍋	ひらなべ 平鍋 0 3、 フライパン 0
砂鍋	つちなべ 土鍋 0
炒菜鍋	ちゅうかなべ 中華鍋 4
深鍋	かま 釜 0
飯鍋	めしがま 飯釜 0 2
電鍋	すいはんき 炊飯器 3
壓力鍋	あつりょくがま 圧力釜 0 4、 あつりょくなべ 圧力鍋 5

居家設備

餐廳	ダイニング[1][3]
餐具	食器（しょっき）[0]
勺子	お玉（たま）[2]、杓子（しゃくし）[1]、お玉杓子（たまじゃくし）[4]
飯勺	杓文字（しゃもじ）[1]、飯杓子（めしじゃくし）[3]
漏勺	網杓子（あみじゃくし）[3]
盤子	皿（さら）[0]
大淺盤	大皿（おおざら）[0]
小碟子	小皿（こざら）[0][1]
盛盤	盛り皿（もりざら）[2]
茶壺	茶瓶（ちゃびん）[0]

居家設備

水壺（外出用）	水筒（すいとう）0
水罐、水壺	ピッチャー 0 1、水差し（みずさし）3 4
瓶子	瓶（びん）1、ボトル 0
冰夾	アイストング 4
冰杓	アイススコップ 5
冰淇淋勺	アイススクープ 5、アイスクリームスクープ 8
冰筒	アイスペール 4
夾子	トング 1
吸管	ストロー 2

居家設備

餐刀	ナイフ[1]
餐叉	フォーク[1]
餐盤（分菜用）	取り皿（とりざら）[2]
茶具	茶道具（ちゃどうぐ）[2]
茶托	茶托（ちゃたく）[0]、茶台（ちゃだい）[0]
茶匙	茶匙（ちゃさじ）[0]、ティースプーン[4]、小匙（こさじ）[0]
茶杯	ティーカップ[3]、湯呑み（ゆのみ）[3]
茶碗	湯呑み茶碗（ゆのみぢゃわん）[4]
茶壺、水壺	薬缶（やかん）[0]

居家設備

陶製茶壺	急須(きゅうす) 0、茶出し(ちゃだ) 0、きびしょ 3 0
酒器	酒器(しゅき) 1 2
酒壺	徳利(とっくり) 0、銚子(ちょうし) 0
酒瓶	デカンタ 2、ディキャンタ 2
碗	お椀(わん) 0、ボウル 1
小碟	小鉢(こばち) 1 0
珍味碗	珍味(ちんみ) 1 0
飯碗	茶碗(ちゃわん) 0
大碗、碗公	鉢(はち) 2
沙拉缽	サラダボウル 4

居家設備

筷子	箸（はし）1
免洗筷、衛生筷	割り箸（わりばし）0 3
筷架	箸置き（はしおき）2 3、箸台（はしだい）2 0、箸枕（はしまくら）3
湯匙	スプーン 2、匙（さじ）1 2
調羹	れんげ 0、散り蓮華（ちりれんげ）3
杯子	コップ 0、カップ 1
大玻璃杯	タンブラー 1
小咖啡杯	デミタス 1、ドミタス 1

居家設備

咖啡杯	コーヒーカップ[5]
玻璃杯	グラス[0][1]
紅酒杯	ワイングラス[4]
香檳杯	シャンパングラス[5]
茶杯	ティーカップ[3]
馬克杯	マグカップ[3]
啤酒杯	ジョッキ[1]
清酒杯	さかずき[0][4]、酒杯（しゅはい）[0]
雪克杯	シェーカー[1]
雕花玻璃杯	カットグラス[4]

居家設備

❺衛浴空間

衛浴設備	サニタリー [1]
成套衛浴設備	ユニットバス [5]
浴室、洗澡間	浴室（よくしつ） [0]、バスルーム [3]
蓮蓬頭	シャワーフッド [4]
淋浴拉簾	浴室（よくしつ）カーテン [5]
浴缸	浴槽（よくそう） [0]、風呂桶（ふろおけ） [3]、バスタブ [0]
沐浴皂	浴用石鹸（よくようせっけん） [5]
肥皂盒	石鹸置（せっけんお）き [3]

居家設備

沐浴乳	ボディーシャンプー[4]、ボディーソープ[4]
潤膚液	スキンローション[4]
身體乳液、潤膚露	ボディーローション[4]
洗臉用品	クレンジング[2]
肥皂、香皂	石鹸（せっけん）[0]
洗面乳	洗顔（せんがん）フォーム[5]
卸妝油	クレンジングオイル[7]
卸妝泡沫	クレンジングフォーム[7]
卸妝凝露	メーククリアジェル[7]

居家設備

洗手乳	ハンドソープ 4
洗髮精	シャンプー 1
潤絲精	リンス 1
浴室腳踏墊	バスマット 3
擦腳墊	足拭（あしふ）きマット 5
浴巾	バスタオル 3
洗臉台	洗面台（せんめんだい） 0
水龍頭	蛇口（じゃぐち） 0
浴室鏡	浴室鏡（よくしつかがみ） 5
擦手巾	お絞（しぼ）り 2
毛巾	タオル 1、手拭（てぬぐい） 0

居家設備

毛巾架	タオル掛(か)け [4]
面紙	ティッシュ [1]
衛生紙	トイレットペーパー [6]
衛生紙架	ペーパーホルダー [5]
牙刷	歯(は)ブラシ [2]
牙膏	歯磨(はみが)き [2]
牙線	デンタルフロス [5]
梳子	櫛(くし) [2]
剃刀	剃刀(かみそり) [4] [3]
刮鬍刀	髭剃(ひげそ)り [4] [3]

居家設備

指甲刀	爪切り（つめき）[3][0]
衛生綿	ナプキン [1]
尿布	おむつ [2]
棉花棒	綿棒（めんぼう）[1]
廁所	トイレ [1]
馬桶	便器（べんき）[1]、便座（べんざ）[0]
免治馬桶座	温水洗浄便座（おんすいせんじょうべんざ）[9]
馬桶蓋	便座（べんざ）カバー [4]
除臭劑	消臭剤（しょうしゅうざい）[0][3]
芳香劑	芳香剤（ほうこうざい）[0][3]

居家設備

❻庭院

院子	庭（にわ）0
花壇	花壇（かだん）1
陽臺	ベランダ 0
假山	築山（つきやま）0
噴水池	噴水（ふんすい）0
儲藏室	物置（ものおき）3 4、押入（おしいれ）0
車房	車庫（しゃこ）1
游泳池	プール 1
洗衣機	洗濯機（せんたくき）4 3
乾衣機	乾燥機（かんそうき）3

居家設備

洗衣夾	洗濯挟み（せんたくばさみ）5
洗衣粉	洗剤（せんざい）0
吸塵器	掃除機（そうじき）3
拖把	モップ 0 1
鬃刷	束子（たわし）0
掃帚	箒（ほうき）0 1
簸箕	塵取り（ちりとり）3 4
撣子	はたき 3
草耙	熊手（くまで）0 3
垃圾袋	ゴミ袋（ぶくろ）3

居家設備

垃圾箱	ゴミ箱（ばこ） 3 0
信箱	郵便受け（ゆうびんう） 3
鐵桶、水桶	バケツ 0
澆花器	如雨露（じょうろ） 1
橡皮管	ホース 1
蒼蠅拍	蝿叩き（はえたた） 3
捕鼠夾	鼠捕り（ねずみと） 3
蚊香	蚊取線香（かとりせんこう） 4
殺蟲劑	殺虫剤（さっちゅうざい） 0 3
防蟲劑	防虫剤（ぼうちゅうざい） 0 3

辦公室設備

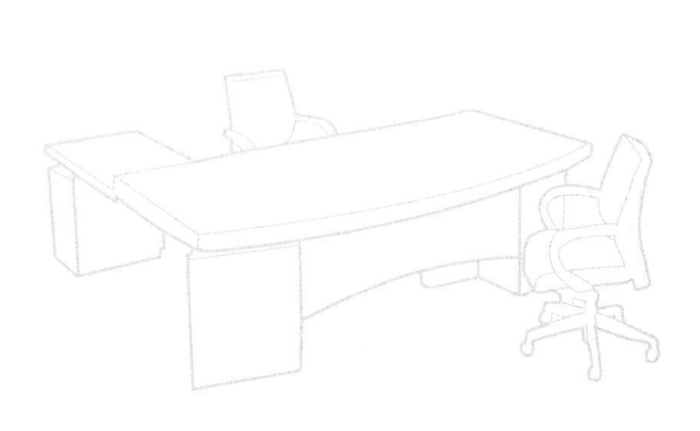

辦公室設備

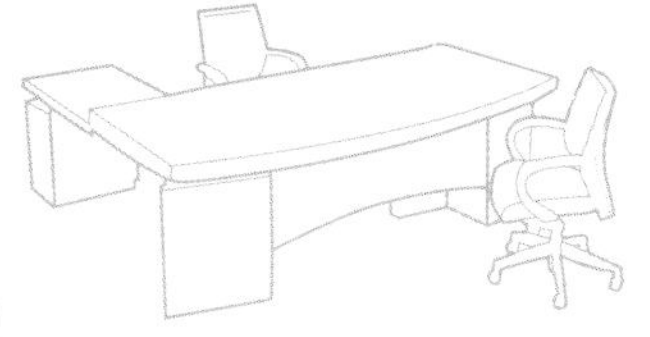

❶公共空間

入口	入口（いりぐち）0
出口	出口（でぐち）1
太平門	非常口（ひじょうぐち）2
玄關	玄関（げんかん）1
前廳	ロビー 1
大廳	ホール 1
服務台	フロント 0
門廊	ポーチ 1
走廊	廊下（ろうか）0
樓梯	階段（かいだん）0

辦公室設備

樓梯平臺	踊り場（おどりば）[0]
手扶梯	エスカレーター [4]
電梯	エレベーター [3]
會客室	応接間（おうせつま）[0]
會議室	会議室（かいぎしつ）[3]
宴會廳	宴会場（えんかいじょう）[0]
餐廳	レストラン [1]
飲水機、開飲機	冷水機（れいすいき）[3]、ウォータークーラー [5]、ウォーターサーバー [5]
咖啡機	コーヒーメーカー [5]

辦公室設備

檔案室	しょるいほぞんしつ 書類保存室 5
地下室	ちかしつ 地下室 2
停車場	ちゅうしゃじょう 駐車場 0
部門名稱	ぶもん 部門 1 0
人事部	じんじぶ 人事部 3
企劃部	きかくぶ 企画部 3
會計部	けいりぶ 経理部 3
總務部	そうむぶ 総務部 3
業務部	ぎょうむぶ 業務部 3
營業部	えいぎょうぶ 営業部 3

❷辦公室

辦公桌	デスク 1
電腦	コンピューター 3
桌上型電腦	デスクトップ 4
噴墨印表機	インクジェットプリンター 8
雷射印表機	レーザープリンター 6
熱感應印表機	感熱式（かんねつしき）プリンター 8
熱轉印印表機	熱転写（ねつてんしゃ）プリンター 7
隨身碟	ユーエスビーメモリー 7
DVD 燒錄器	DVDドライブ 8

辦公室設備

藍光光碟	ブルーレイディスク[6]
播放機	プレーヤー[2][0]
DVD 播放機	DVDプレーヤー
VCD 播放機	VCDプレーヤー
投影機	プロジェクター[3]
影印機	コピー機（き）[1]
掃描器	スキャナー[2]
碎紙機	シュレッダー[2]
傳真機	ファックス[1]
計算機	電卓（でんたく）[0]

辦公室設備

訂書機	ホッチキス[1]
訂書針	ホッチキスの針(はり)
打洞機	パンチャー[1]
文件夾	ファイル[1]
資料夾	ドキュメントファイル[6]
書擋、書靠	ブックエンド[4]
白板	ホワイトボード[5]
筆筒	ペン立(た)て[1]
原子筆	ボールペン[0]
替換筆芯	替(か)え芯(しん)[0]

辦公室設備

簽字筆	サインペン 2
奇異筆、速乾筆	マジックインキ 5、マーキングペン 5
螢光筆	蛍光（けいこう）ペン 3 5
鋼筆	万年筆（まんねんひつ） 3
墨水	インク 0 1
鉛筆	鉛筆（えんぴつ） 0
彩色鉛筆	色鉛筆（いろえんぴつ） 3
自動鉛筆	シャープペンシル 4
鉛筆盒	筆箱（ふでばこ） 0
削鉛筆機	鉛筆削（えんぴつけず）り 4

辦公室設備

橡皮擦	消(け)しゴム [0]
立可白、修正液	修正液(しゅうせいえき) [3]
膠臺	テープカッター [4]
膠帶	粘着(ねんちゃく)テープ [5]
封箱膠帶	ガムテープ [3]
透明膠帶	セロテープ [3]
絶縁膠帶	絶縁(ぜつえん)テープ [5]
黏著劑	接着剤(せっちゃくざい) [0][4]
強力膠	強力接着剤(きょうりょくせっちゃくざい) [0]
快乾膠	スーパーグルー [6]

辦公室設備

中文	日文
漿糊	糊（のり）[2]
樹脂	樹脂（じゅし）[1]
筆記本	ノート[1]、ノートブック[4]
活頁筆記本	ルーズリーフ[4]
萬用手冊	システム手帳（てちょう）[5]
小手冊	手帳（てちょう）[0]
日記帳	日記帳（にっきちょう）[0]
剪刀	はさみ[3][2]
裁紙刀	ペーパーナイフ[5]
美工刀	カッターナイフ[5]

辦公室設備

摺疊式小刀	折(お)り畳(たた)みナイフ 6
三角板	三角定規(さんかくじょうぎ) 5
直尺	定規(じょうぎ) 1
捲尺	巻尺(まきじゃく) 0
量角器	分度器(ぶんどき) 3
圓規	コンパス 1
打印台	スタンプ台(だい) 0、インク台(だい) 0
印泥	朱肉(しゅにく) 0、印肉(いんにく) 0
印章	判子(はんこ) 3、印章(いんしょう) 0
名片	名刺(めいし) 0

辦公室設備

合約、契約書	けいやくしょ 契約書 5 0
收據	りょうしゅうしょ 領収書 0
估價單	みつもりしょ 見積書 0 5
紙	かみ 紙 2
紙鎮	ぶんちん 文鎮 0
紙條、附箋	ふせん 付箋 0
便條紙	ようし メモ用紙
圓型鋼夾	めだま 目玉クリップ 5
標籤	ラベル 1
信封	ふうとう 封筒 0

辦公室設備

中文	日文
回郵信封	返信用封筒（へんしんようふうとう）0
信紙、信箋	便箋（びんせん）0
圖畫紙	画用紙（がようし）2
複寫紙	カーボン紙（し）3
橡皮筋	輪（わ）ゴム 0
圖釘	画鋲（がびょう）0
迴紋針	クリップ 2 1
錐子（能扎透多層紙）	千枚通し（せんまいどおし）5
放大鏡	虫眼鏡（むしめがね）3

辦公室設備

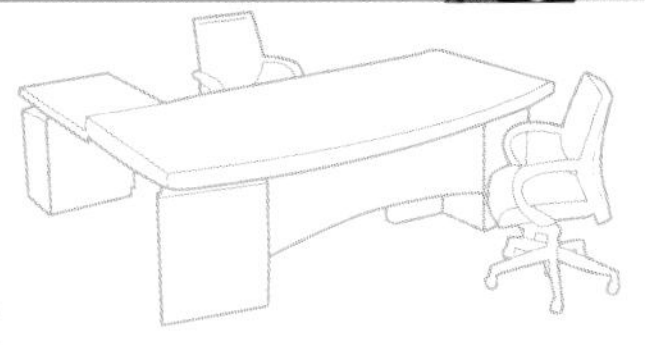

❸其他用語

屋頂	屋上（おくじょう）0、屋根（やね）1
天花板	天井（てんじょう）0
地板	床（ゆか）0
牆壁	壁（かべ）0
煙囪	煙突（えんとつ）0
鎖	錠（じょう）0
鑰匙	鍵（かぎ）2、キー 1
鑰匙盒、鑰匙架	鍵置き（かぎお）2
發電機	発電機（はつでんき）3
電池	電池（でんち）1

辦公室設備

插座	コンセント 1 3
插頭	プラグ 0 1
保險絲盒	ブレーカー 0 2
地線	アース 1
開關	スイッチ 2 1
啓動器、點燈管	グロー球（きゅう） 0
安定器	安定器（あんていき） 3

各式建築

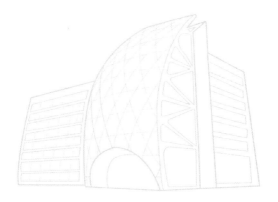

Shelter

各式建築

❶建築類型

建築物	建築物（けんちくぶつ）[4]、建物（たてもの）[2][3]
大廈、大樓	マンション[1]
小屋（雜物或寵物用）	小屋（こや）[2][0]
公司宿舍	社宅（しゃたく）[0]
公寓	アパート[2]
平房	平屋（ひらや）[0]、一階建て（いっかいた）[0]
民房	民家（みんか）[1]
住宅	住宅（じゅうたく）[0]
共同住宅（2代同住）	共同住宅（きょうどうじゅうたく）[5]

各式建築

別墅	べっそう 別荘 3
家宅	かおく 家屋 1
高層建築	こうそうけんちくぶつ 高層建築物 8、 こうそう 高層ビル 5
連棟房屋	テラスハウス 4、 タウンハウス 4
超高層建築	ちょうこうそうけんちくぶつ 超高層建築物 10
集合式住宅	しゅうごうじゅうたく 集合住宅 5
圓木小木屋	まるたごや 丸太小屋 0
閣樓	やねうらべや 屋根裏部屋 0
獨棟式建築	いっこだ 一戸建て
擬西式建築	ぎようふうけんちく 擬洋風建築 6

各式建築

❷周邊商店

商店	商店（しょうてん）[1]、店（みせ）[2]
二手車行	中古車屋（ちゅうこしゃや）[0]
二手書局	古本屋（ふるほんや）[0]
二手商店	リサイクルショップ[6]
小酒館、居酒屋	居酒屋（いざかや）[0][3]、酒場（さかば）[0][3]、バー[1]
五金行	金物屋（かなものや）[0]
化妝品店	化粧品店（けしょうひんてん）[4]
文具店	文具店（ぶんぐてん）[3]、文房具店（ぶんぼうぐてん）[5]
水果行	果物屋（くだものや）[0]

各式建築

卡拉 OK	カラオケ 0
古董店	骨董屋（こっとうや） 0
市場	市場（しじょう） 0、市場（いちば） 1、マーケット 1 3、市（いち） 1
皮包店	かばん屋（や） 0
印章店	判子屋（はんこや） 0
百貨公司	デパート 2、百貨店（ひゃっかてん） 3 0
米行、米店	米屋（こめや） 2
自行車行	自転車屋（じてんしゃや） 0
免稅商店	免税店（めんぜいてん） 3

各式建築

咖啡館	喫茶店（きっさてん）[3][0]、コーヒーショップ[5]、カフェ[1]
房地產公司	不動産屋（ふどうさんや）[0]
拉麵店	ラーメン屋（や）[0]、中華（ちゅうか）そば屋（や）[5]
玩具店	おもちゃ屋（や）[0]、玩具店（がんぐてん）[3]
花店	花屋（はなや）[2]
便利商店	コンビニ[0]
便當店	弁当屋（べんとうや）[0]
保險公司	保険屋（ほけんや）[0]

各式建築

柏青哥店	パチンコ[0]
洗衣店	クリーニング[4][2]
美容沙龍	エステサロン[4]、エステティックサロン[7]
美容院	美容室（びようしつ）[2]、美容院（びよういん）[2]、ビューティーサロン[5]、ビューティーパーラー[5]
迪斯可	ディスコ[1]
食品材料行	食品店（しょくひんてん）[3]、食料品店（しょくりょうひんてん）[5]
香菸舖	タバコ屋（や）[0]

各式建築

中文	日文
家具行	家具屋（かぐや）[2]
旅館	旅館（りょかん）[0]、宿屋（やどや）[2][0]、ホテル[1]
書店、書局	本屋（ほんや）[1]、ブックストア[5]、書店（しょてん）[0][1]、書肆（しょし）[1]
珠寶行	宝石店（ほうせきてん）[4]
茶行	お茶屋（ちゃや）[2]
酒類專賣店	酒屋（さかや）[0]
乾貨店	乾物屋（かんぶつや）[0]
商店	商店（しょうてん）[1]、店（みせ）[2]、ストア[2]、販売店（はんばいてん）[3]

各式建築

中文	日文
商店街	商店街（しょうてんがい）3
唱片行	レコード店（てん）0、レコード屋（や）0
理髮廳	散髪屋（さんぱつや）0、床屋（とこや）0、理髪店（りはつてん）3 2、理容店（りようてん）2
眼鏡行	眼鏡屋（めがねや）0
蛋糕店	お菓子屋（かしや）0
釣具店	釣具店（つりぐてん）3
魚店	魚屋（さかなや）0
帽子店	帽子屋（ぼうしや）0
超市	スーパー 1

各式建築

飯店	ホテル [1]
照相館	写真館（しゃしんかん） [2]
跳蚤市場	フリーマーケット [4]、のみの市（いち） [4][3]
運輸公司	運送屋（うんそうや） [0]、運送店（うんそうてん） [3]
電動遊樂場	ゲームセンター [4]
電器行	電気屋（でんきや） [0]
壽司店	寿司屋（すしや） [2]
寢具店	寝具店（しんぐてん） [3]
精品服飾店	ブティック [1][2]
影印店	印刷屋（いんさつや） [0]、印刷店（いんさつてん） [4]

各式建築

印刷廠	いんさつしょ 印刷所 0
澡堂	ふろや 風呂屋 2、 せんとう 銭湯 1、ゆや 湯屋 1 2、 こうしゅうよくじょう 公衆浴場 5
餐具店	しょっきや 食器屋 0
餐廳	レストラン 1
餐廳（日式）	りょうりや 料理屋 0 3、しょくどう 食堂 0
蕎麥麵店	そばや 蕎麦屋 2
蔬菜店	やおや 八百屋 0
雜貨店	ざっかや 雑貨屋 0
寵物店	ペットショップ 4

各式建築

藥局、藥房	薬屋（くすりや）0、薬舗（やくほ）1
藥局（有藥劑師）	薬局（やっきょく）0
藥房（無藥劑師）	薬店（やくてん）0
鐘錶行	時計店（とけいてん）3、時計屋（とけいや）0
麵包店	パン屋（や）1、ベーカリー 1
攤販	露店（ろてん）0、屋台（やたい）1、大道店（だいどうみせ）3

各式建築

❸公共設施

大使館	たいしかん 大使館 3
領事館	りょうじかん 領事館 3
消防署	しょうぼうしょ 消防署 3 0
稅務署	ぜいむしょ 税務署 4 3
造幣局	ぞうへいきょく 造幣局 3
市政府	しやくしょ 市役所 2
市民活動中心	しみんかいかん 市民会館 4
警察局	けいさつしょ 警察署 5 0
派出所	こうばん 交番 0
法院	さいばんしょ 裁判所 0 5

各式建築

監獄	けいむしょ 刑務所 0 3
郵局	ゆうびんきょく 郵便局 3
信筒	ポスト 1
醫院	びょういん 病院 0、 ホスピタル 1
電信局	でんわきょく 電話局 3
電視台、廣播電台	ほうそうきょく 放送局 3
銀行	ぎんこう 銀行 0
匯兌處	りょうがえしょ 両替所 0
學校	がっこう 學校 0
幼稚園	ようちえん 幼稚園 3

各式建築

中文	日文
小學	しょうがっこう 小学校 3
大學	だいがく 大学 0
駕訓班	じどうしゃきょうしゅうしょ 自動車教習所 0
天文臺	てんもんだい 天文台 0
博物館	はくぶつかん 博物館 4
美術館	びじゅつかん 美術館 3
圖書館	としょかん 図書館 2
會議廳	かいぎじょう 会議場 0
劇場	げきじょう 劇場 0
電影院	えいがかん 映画館 3

各式建築

公園	こうえん 公園 0
植物園	しょくぶつえん 植物園 4
動物園	どうぶつえん 動物園 4
水族館	すいぞくかん 水族館 4 3
遊樂園	ゆうえんち 遊園地 3
比賽場	きょうぎじょう 競技場 0
體育館	たいいくかん 体育館 4
運動場	うんどうじょう 運動場 0
巨蛋	ドーム 1
棒球場	やきゅうじょう 野球場 0

各式建築

網球場	テニスコート 4
滑雪場	スキー場（じょう） 0
高爾夫球場	ゴルフ場（じょう） 0
海水浴場	海水浴場（かいすいよくじょう） 5
賽馬場	競馬場（けいばじょう） 0
發電廠	発電所（はつでんしょ） 0 5
火力發電廠	火力発電所（かりょくはつでんしょ） 0
水力發電廠	水力発電所（すいりょくはつでんしょ） 0
風力發電廠	風力発電所（ふうりょくはつでんしょ） 0
地熱發電廠	地熱発電所（ちねつはつでんしょ） 0

各式建築

核能發電廠	げんしりょくはつでんしょ 原子力発電所 0 10
變電所	へんでんしょ 変電所 0 5
水壩	ダム 1
佛寺	てら 寺 2 0
神社	じんじゃ 神社 1
鳥居	とりい 鳥居 0
教堂	きょうかい 教会 0
清真寺	モスク 1
公墓	きょうどうぼち 共同墓地 5
紀念碑	きねんひ 記念碑 2

各式建築

遺跡	遺跡（いせき）0
城	城（しろ）0

各式建築

❹建材

建築材料	建材（けんざい）0
瓦	瓦（かわら）0
鐵皮	トタン板（いた）4
石膏板	石膏（せっこう）ボード 5
壁紙	壁紙（かべがみ）0
砂漿、灰漿	モルタル 0
水泥	セメント 0
混擬土	コンクリート 4
塗料	塗料（とりょう）1
接著劑	接着剤（せっちゃくざい）4 0

各式建築

石材	せきざい 石材 0 2
人造大理石	じんぞうだいりせき 人造大理石 7
大理石	だいりせき 大理石 3
石綿	いしわた せきめん 石綿 0、石綿 0
安山岩	あんざんがん 安山岩 3
花崗岩	かこうがん 花崗岩 2
木材	もくざい 木材 2 0
木地板	フローリング 2 0
角材	かくざい 角材 0 2
膠合板	いた ベニヤ板 3 4
裝飾板	けしょういた 化粧版 2 4

各式建築

鋼鐵建材	鉄鋼材（てっこうざい）0
H形鋼	H形鋼（がたこう）4
鋼筋	鉄筋（てっきん）0
鋼管	鋼管（こうかん）0
黏土燒製建材	粘土焼成品（ねんどしょうせいひん）6
磚	煉瓦（れんが）1
耐火磚	耐火煉瓦（たいかれんが）4
水泥磚	ブロック 2
瓷磚	タイル 1
釉面磚	化粧（けしょう）タイル 4

住
Shelter

生活會話

Phrases

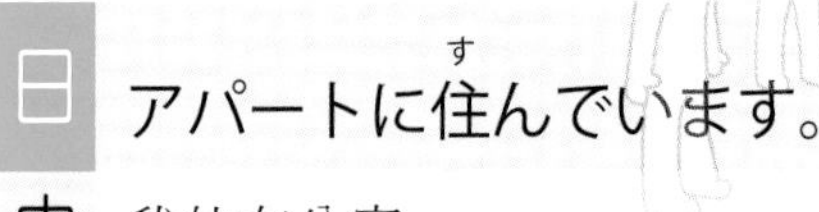

日 アパートに住(す)んでいます。

中 我住在公寓。

日 社宅(しゃたく)に住(す)んでいます。

中 我住在公司宿舍。

日 私(わたし)の家(いえ)は、駅(えき)から歩(ある)いて10分(じゅっぷん)ぐらいです。

中 我家離車站大約要走10分鐘。

日 コンピューター関係(かんけい)の仕事(しごと)をしています。

中 我從事與電腦相關的工作。

日 洗濯物(せんたくもの)は洗濯機(せんたくき)の中(なか)に入(い)れておいてね。

中 髒衣服要放到洗衣機裡面喔。

日 食器(しょっき)を流(なが)しに運(はこ)んでください。

中 請把碗筷放到水槽裡。

日 テレビで野球中継(やきゅうちゅうけい)をやっているぞ。

中 電視正在直播棒球比賽。

日 電気(でんき)がつかないわ。

中 燈不會亮耶。

日 たぶん電球(でんきゅう)が切(き)れているんだ。

中 可能是燈泡壞了吧。

日 ガス臭(く)いわ。

中 有瓦斯味。

日 ガス漏(も)れしてるぞ。

中 瓦斯漏氣了。

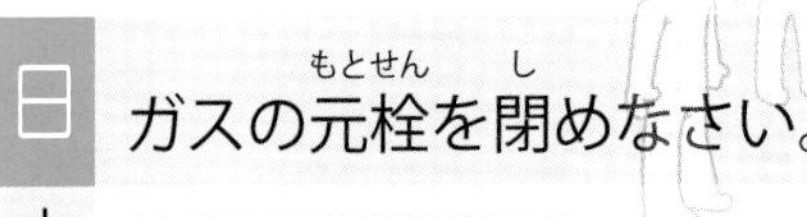

日 ガスの元栓(もとせん)を閉(し)めなさい。

中 快把瓦斯開關關掉。

日 窓(まど)を開(あ)けろ！

中 快開窗！

日 エアコンが故障(こしょう)しているんだ。

中 空調故障了。

日 冷蔵庫(れいぞうこ)がよく冷(ひ)えないんだ。

中 冰箱不怎麼冰。

日 今日(きょう)は布団(ふとん)を干(ほ)そう。

中 今天來曬被子吧！

日 このズボンにアイロンをかけてくれる？

中 可以幫我燙這條褲子嗎？

日 部屋(へや)に掃除機(そうじき)をかけよう。
中 用吸塵器把屋裡吸一吸吧。

日 テーブルを拭(ふ)いてくれる？
中 可以幫我擦一下桌子嗎？

日 郵便局(ゆうびんきょく)はどちらの方角(ほうがく)でしょうか。
中 請問郵局在哪個方向呢？

日 住(す)まいを探(さが)す時(とき)は不動産屋(ふどうさんや)に相談(そうだん)したほうがいいですよ。
中 找房子的時候，還是和仲介商量比較好喔。

日 虫眼鏡(むしめがね)を持(も)っていますか。
中 你有放大鏡嗎？

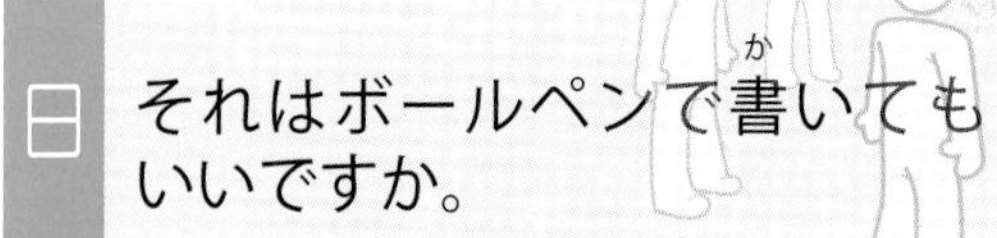

日 それはボールペンで書(か)いてもいいですか。

中 可以用原子筆寫嗎？

日 ホチキスが見当(みあ)たらないよ。

中 我找不到釘書機。

日 ビールをジョッキで２杯(にはい)お願(ねが)いします。

中 請給我2杯啤酒。

日 すみませんが、コンビニはどこかわかりますか。

中 不好意思，請問您知道便利商店在哪裡嗎？

日 スーパーへ行(い)ってきたところです。

中 剛去超市回來。

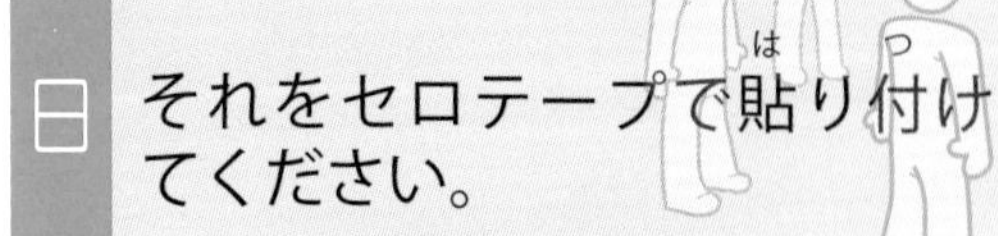

日 それをセロテープで貼(は)り付(つ)けてください。

中 請用透明膠帶把那個黏起來。

日 このタオルは手触(てざわ)りが柔(やわ)らかいです。

中 這個毛巾的觸感很柔軟。

日 目覚(めざま)し時計(どけい)の使(つか)い方(かた)を教(おし)えてくれる？

中 可以告訴我鬧鐘的使用方法嗎？

日 この番組(ばんぐみ)、ひどいなあ。

中 這個節目好爛啊。

日 これ以上見(いじょうみ)ていられないよ。

中 我看不下去了啦。

日 リモコンを取(と)ってくれる？

中 可以幫我拿一下遙控器嗎？

生活會話

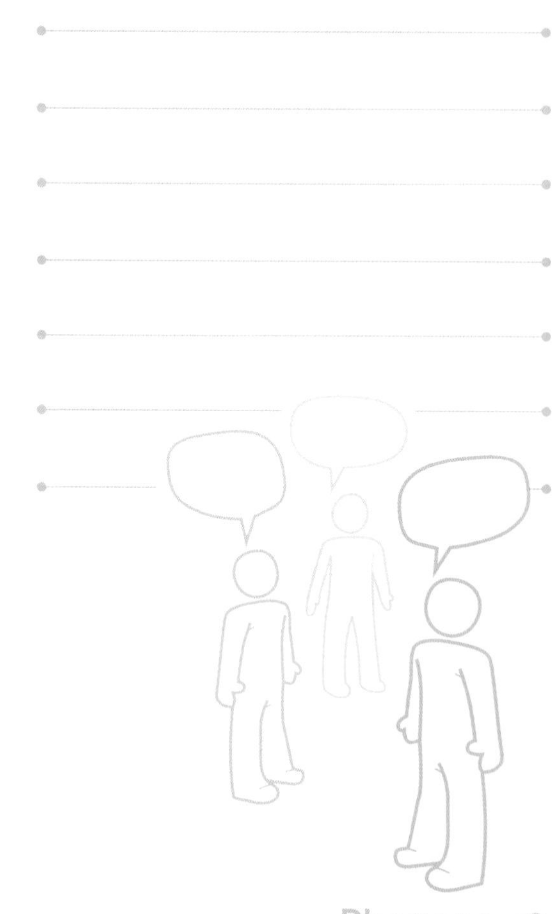

Phrases

會話

生活會話

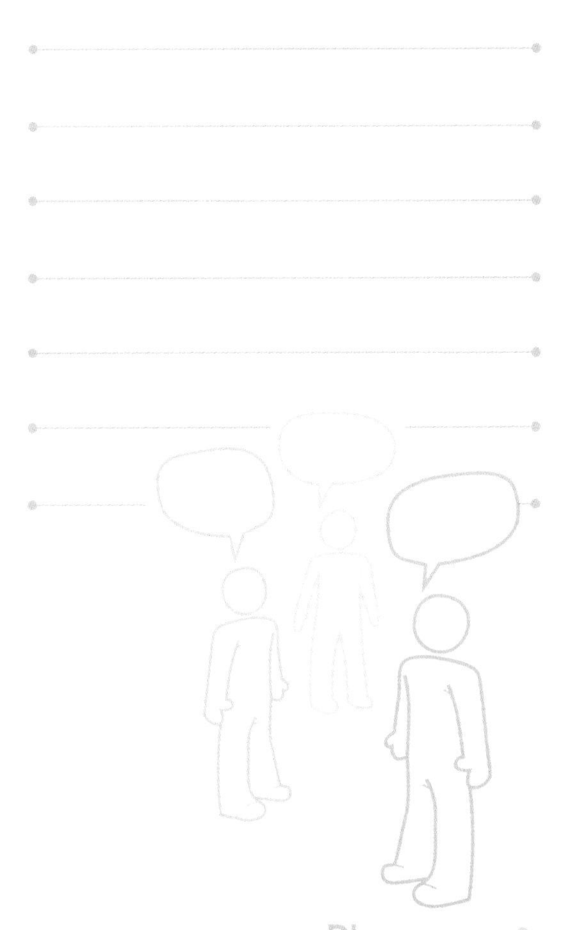

國家圖書館出版品預行編目資料

日語單字速讀：住／日語編輯小組編著. --初版--. --臺北市：書泉, 2012.05

面；　公分

ISBN 978-986-121-750-5
（平裝）

1. 日語　2. 詞彙

803.12　　　101004936

3AJ3

日語單字速讀～住

主　　編— 日語編輯小組
發 行 人— 楊榮川
總 編 輯— 王翠華
封面設計— 吳佳臻
出 版 者— 書泉出版社
地　　址：106台北市大安區和平路二段339號4樓
電　　話：(02)2705-5066
傳　　真：(02)2706-6100
網　　址：http://www.wunan.com.t
電子郵件：shuchuan@shuchua com.tw
劃撥帳號：01303853
戶　　名：書泉出版社

總 經 銷：聯寶國際文化事業有限公
電　　話：(02)2695-4083
地　　址：新北市汐止區康寧街16 巷27號8樓

法律顧問　元貞聯合法律事務所 張澤平律師

出版日期　2012年5月初版一刷
定　　價　新臺幣100元